JUN 2 4 2022

Morón, Martín
 Un señor de negocios / Martín Morón ; editado por Katherine Martínez Enciso ; ilustrado por Martín Morón. - 1a ed. - Ingeniero Maschwitz, : Editorial Ekeka, 2021.
 40 p. : il. ; 29 x 23 cm.

 ISBN 978-987-48016-5-4

 1. Narrativa Infantil y Juvenil Argentina. 2. Cuentos. 3. Literatura Infantil y Juvenil. I. Martínez Enciso, Katherine, ed. II. Morón, Martín, ilus. III. Título.
 CDD A863.9282

© Por los textos, Martín Morón, 2021.
© Por las ilustraciones, Martín Morón, 2021.
© EDITORIAL EKEKA, 2021.
Ayacucho 1719, piso 2. Ciudad Autónoma de Buenos Aires, Argentina.

Autor: Martín Morón
Ilustrador: Me Martín Morón
Edición: Katherine Martínez Enciso
Corrección: Vanesa Rabotnikof
Diseño: Estudio flotante

Todos los derechos reservados.

Impreso en la Argentina. *Printed in Argentina.*

Primera edición: agosto de 2021.

Esta obra se terminó de imprimir en agosto de 2021, en Casano Gráfica S.A, Ministro Brin 3932. Remedios de Escalada, provincia de Buenos Aires.

La reproducción total o parcial de esta publicación en cualquier forma que sea, idéntica o modificada por fotocopia y otros métodos o sistemas, sin el permiso previo y por escrito de la editorial viola derechos reservados.

**ekeka**
infantil · juvenil

# Un Señor de Negocios

Martín Morón

Nadie sabe dónde está Cerdílez.
La última vez que lo vieron fue en su trabajo.

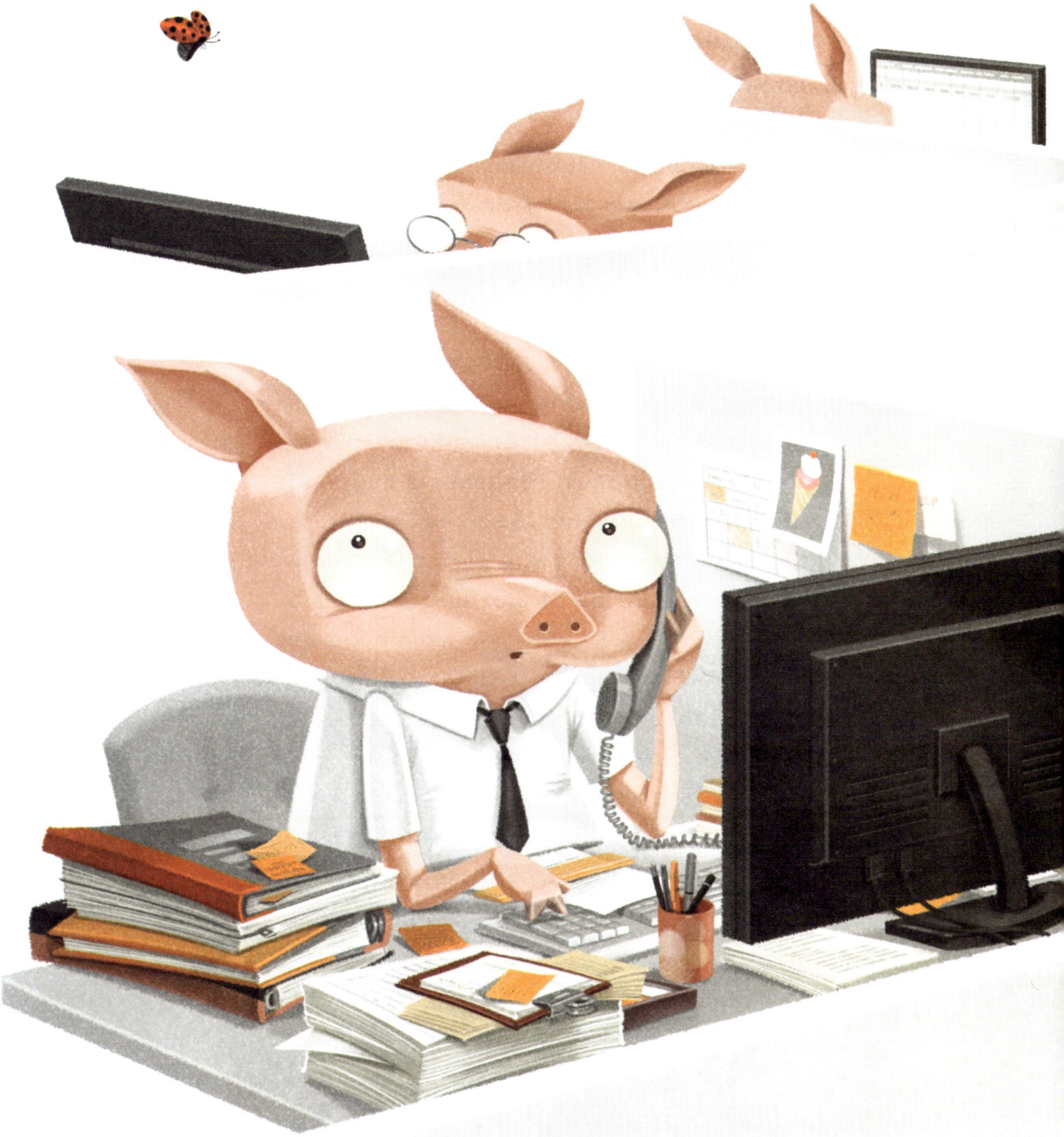

Esa mañana,
el Señor Gerente
lo había llamado
a su oficina.

—¡Pase, por favor! Póngase cómodo.

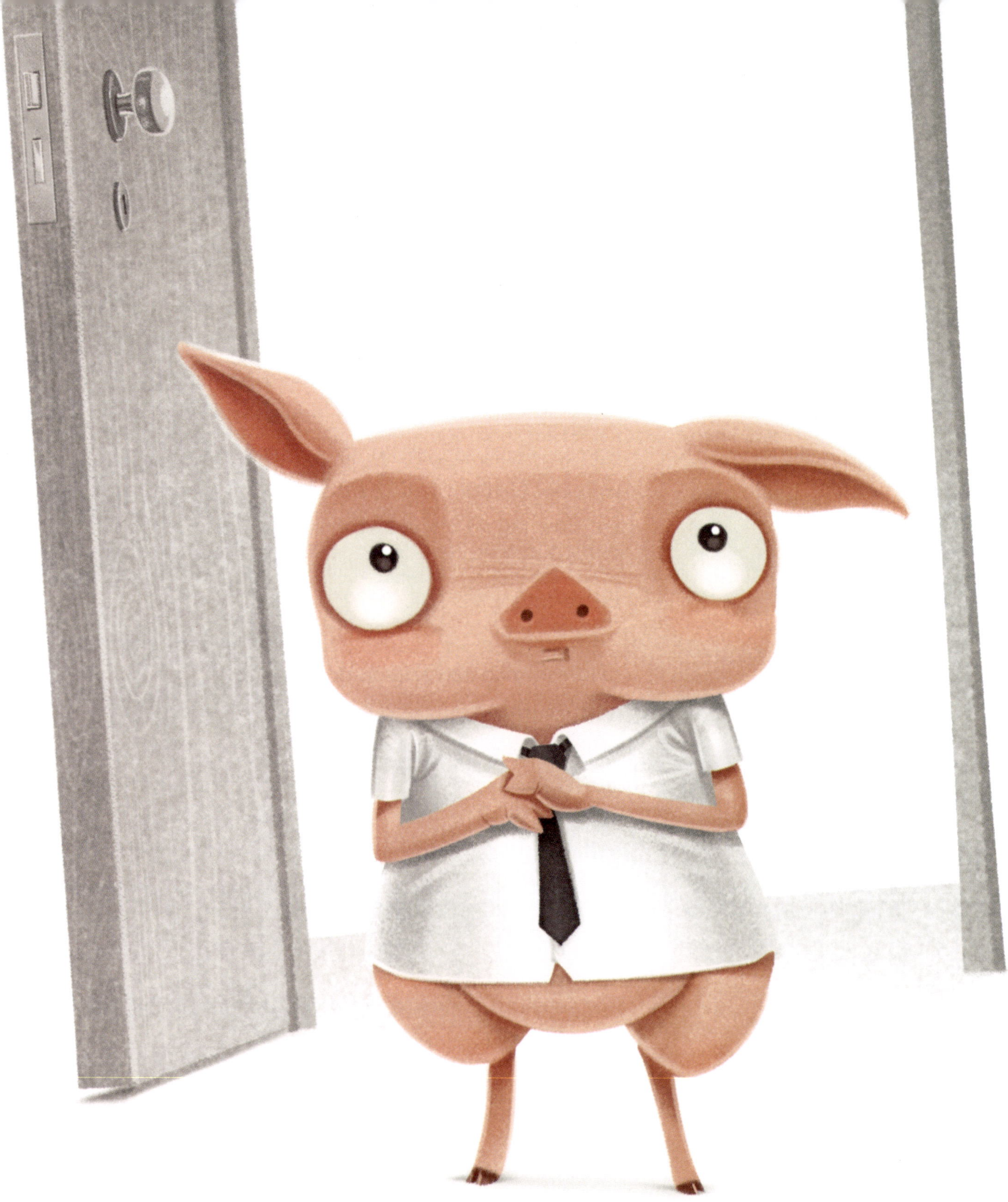

—¿Quiere un café?

—Es que... estoy en horario de trabajo, señor...

—Eso es lo que más me gusta de usted, Cerdílez: siempre piensa en su trabajo.

—Mire, Cerdílez, seré claro y honesto:
# hace tiempo
lo vengo observando...

...usted cumple con todas mis expectativas.
Se esfuerza mucho y es un verdadero
ejemplo de lo que necesita esta empresa.

Cerdílez tenía un gran sueño y trabajaba
con su máximo esfuerzo para hacerlo realidad.
Esa mañana, las palabras del Señor Gerente
lo sorprendieron y se entusiasmó mucho.

**El Señor Gerente continuó:**

—Cerdílez, quiero hacerle
una propuesta.

**El Señor Gerente
hizo una pausa
cargada de suspenso.**

—Usted, Cerdílez...
¿estaría dispuesto a dejar
su actual puesto de trabajo,
su oficina y su vida de empleado...

...para ser un
Señor de Negocios...

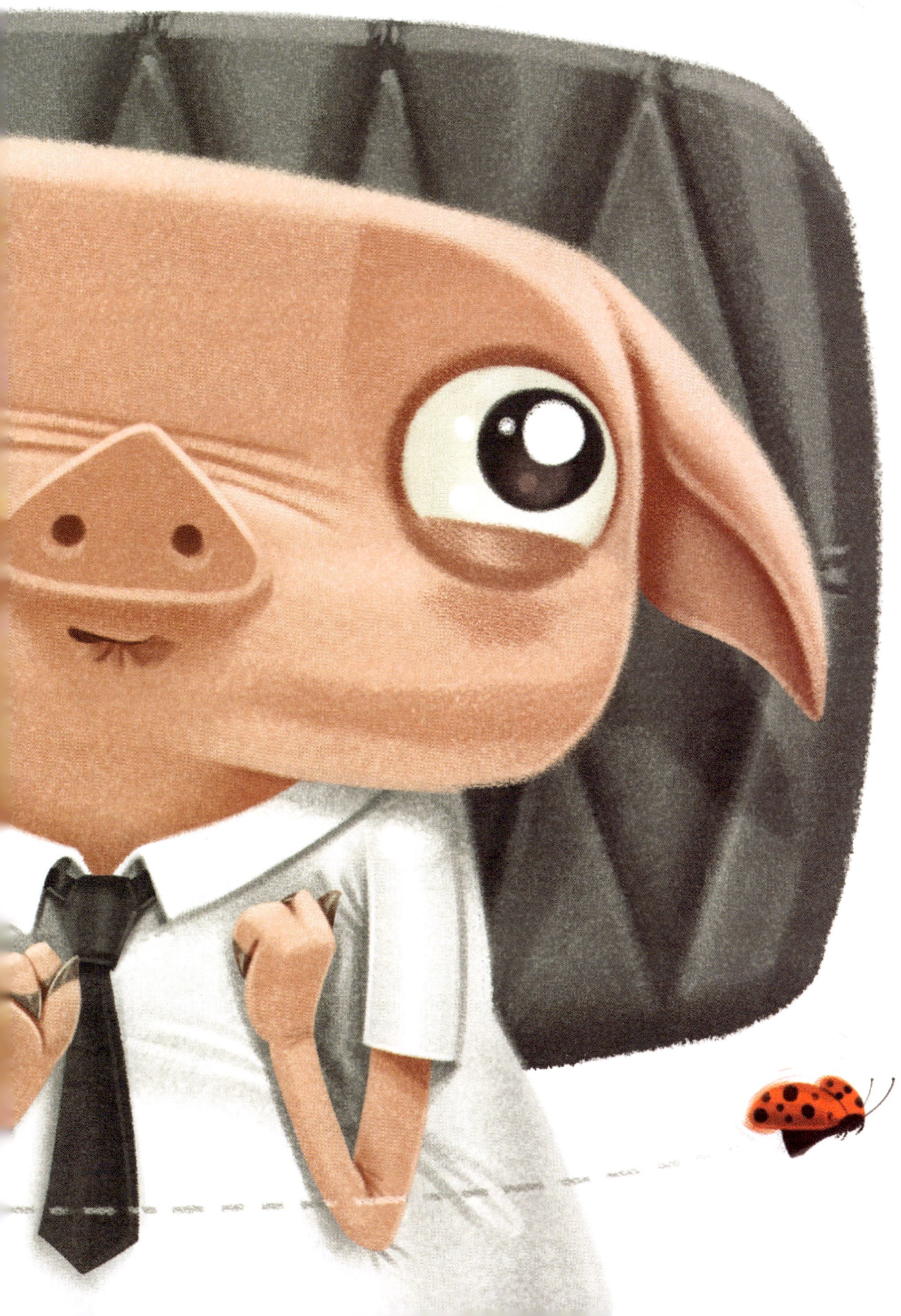

...como yo?

Cerdílez se sintió frente a la oportunidad de su vida.
En la empresa, todos sabían que su gran sueño era
convertirse en un Señor de Negocios.

—¿Qué me dice, Cerdílez? Si no quiere, no hay problema.
No cualquiera está dispuesto a hacer lo necesario
para convertirse en un Señor de Negocios.

—Yo sí estoy dispuesto,
Señor Gerente.

—¡Excelente! Porque, para ser un Señor de Negocios, usted tiene que lograr algo que todos creen imposible. Pero yo estoy seguro de que usted puede hacerlo. Yo creo en usted, Cerdílez.

—Haré lo que usted diga, Señor Gerente. ¿Qué tengo que hacer?

—Para ser un Señor de Negocios, Cerdílez, tiene que convertirse en lobo.

—Pero, Señor Gerente... ¿Es eso posible?

—Naturalmente, Cerdílez. ¿Usted piensa que yo nací siendo el lobo que soy ahora? ¡He pasado por muchas transformaciones! Cuando nací, yo era apenas un pobre e indefenso cachorro...

...pero, trabajando duro y con mucho esfuerzo, aquí estoy.

—Y créame, Cerdílez, no solo es posible, también es necesario.

...¿Se imagina a usted mismo queriendo ordenar esta empresa siendo un cerdo, igual que todos sus compañeros? ¿Acaso lo respetarían?

—Solo tiene que firmar este contrato. Puede leerlo tranquilo ahora mismo, mientras pienso si usted es realmente el indicado o debo elegir a otro.

—**No estoy seguro de entender lo que dice aquí, Señor Gerente.**

转型合同

经理之间，以代理人身份，下称"公司"，一方面;另一方面，Inocencio Cerdílez, DNI 78198492, CUIT 10-78198492-2, 法人 Parlos Quellegrini 9194, Milla de Bayo, 以下称"申请人"签署以换合同：

1. 双方同意，本合同的目的是将申请人转变为狼，认为任何可以解释为转换都是有效的。

2. 在整个过程开始后，整体转换的期限不得超过两小时，公司最多可以在个工作日内批准或不批准转型，无需承担任何义务。

3. 申请人的全部内容将免费提供给公司，公司必须保证程序本身及其所有部分的真实性，合法性和合法性。

4. 如果转化最终涉及烹饪程序，申请人向公司分配其身体的每一个世袭权利，包括仔猪的形状和本质，特别是其风味和香气。

5. 如果转型是最佳的，公司将对申请人免除任何费用和责任。

6. 如果公司的转型最终在程序中发现实际浪费，您将有五个工作日自由处置它们，而不会将其作为任何形式的证据，对公司没有任何立场或怀疑。

7. 申请人承诺假设他已经通过动机和自己的账户达到了这种情况和条件，并且接受了本合同的条件是在任何类型的后续索赔的任何权利之外，无论是他自己还是通过第三方

8. 公司将能够决定变革过程的合适方式，手段和时间，必须满足同样的要求，将有抱负的猪变成狼，无论是在整体上还是在最大可能的部分中，都要符合标准第1条规定。

9. 如果公司的转型发现可转换材料的加工和保存。

10. 公司

—Dice todo lo que hemos hablado, pero en un lenguaje más técnico y formal.

Cerdílez dudó mirando el extraño contrato, pero sentía que estaba frente a la gran oportunidad de su vida…

**...y firmó. Estaba decidido a convertir su
gran sueño en realidad.**

—¡Felicitaciones, Cerdílez!
Hoy su vida cambiará para siempre.
Comenzaremos ahora mismo.

**El Señor Gerente invitó a Cerdílez a su oficina más secreta
y privada. Cerdílez estaba muy emocionado.**

—Pase por aquí, por favor.

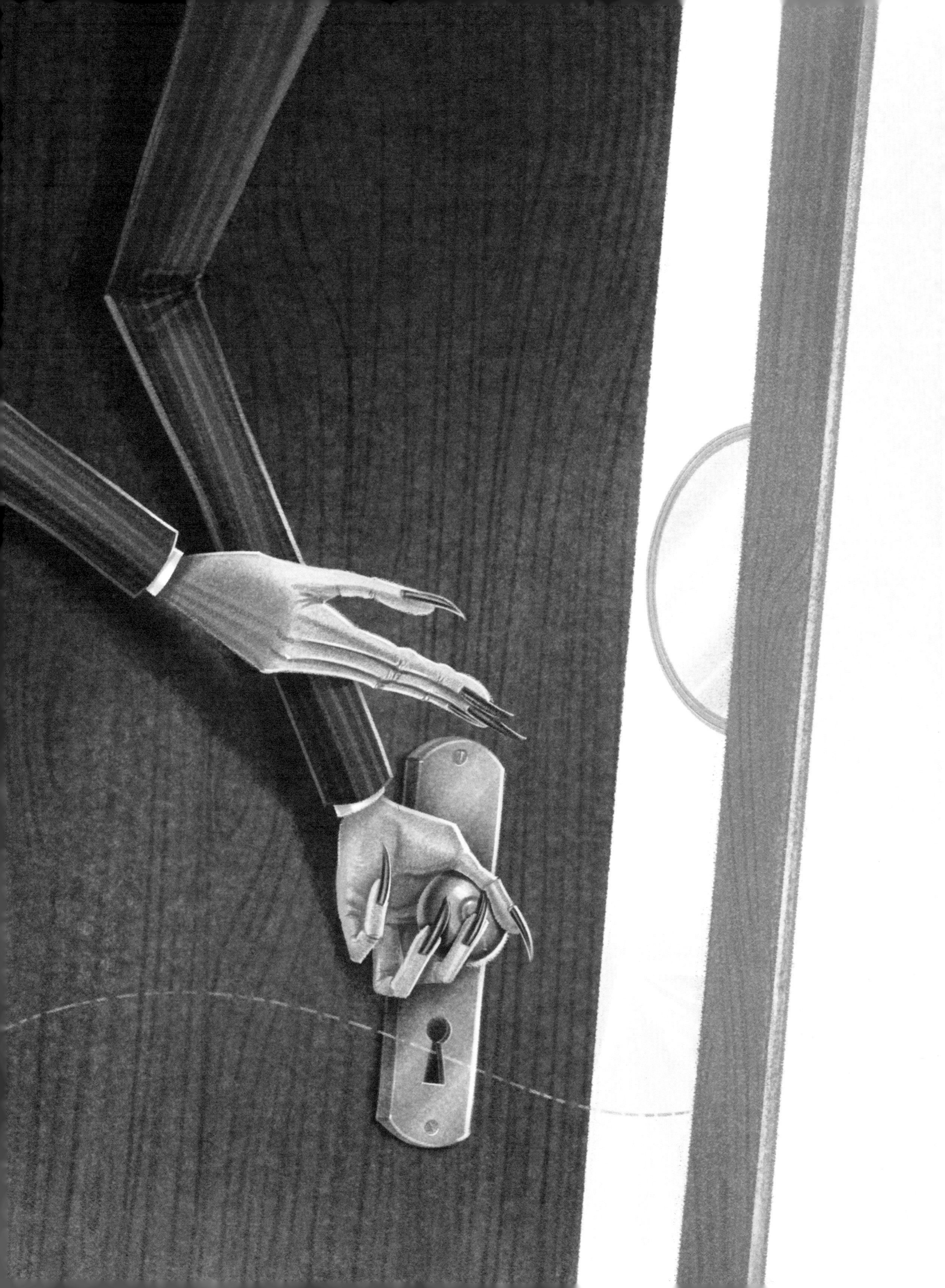

—Cubriré sus ojos para que la transformación no lo impresione. Usted recuéstese y relájese, **señor**.

Cuando usted salga de aquí, además de ser lobo, será un Señor de Negocios. ¿Me permite que le diga "señor"?

—Sí, por supuesto.

Todo estaba listo. Así como el Señor Gerente había prometido,
Cerdílez saldría de allí convertido en lobo.

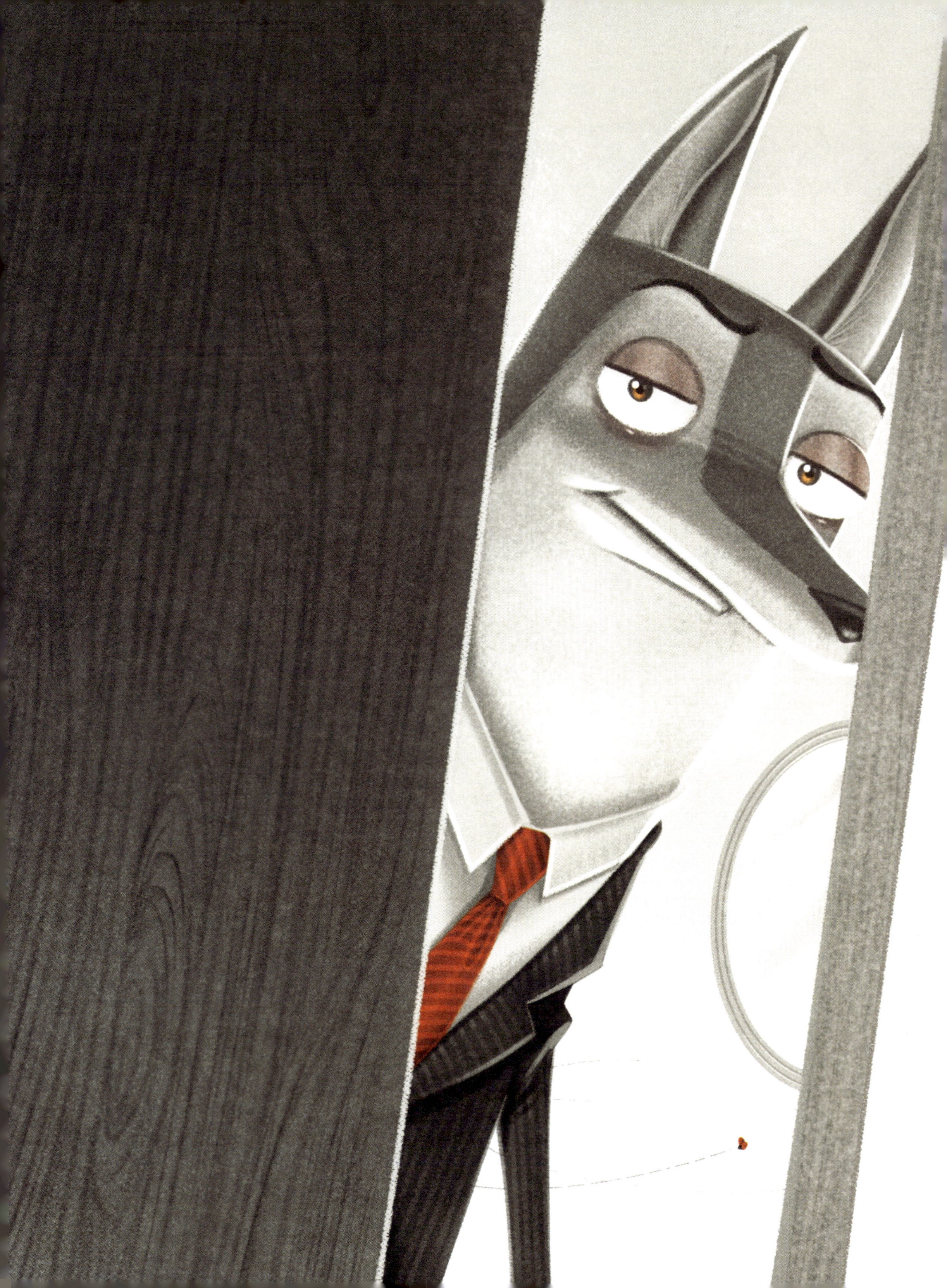

Pero algo...
salió mal.

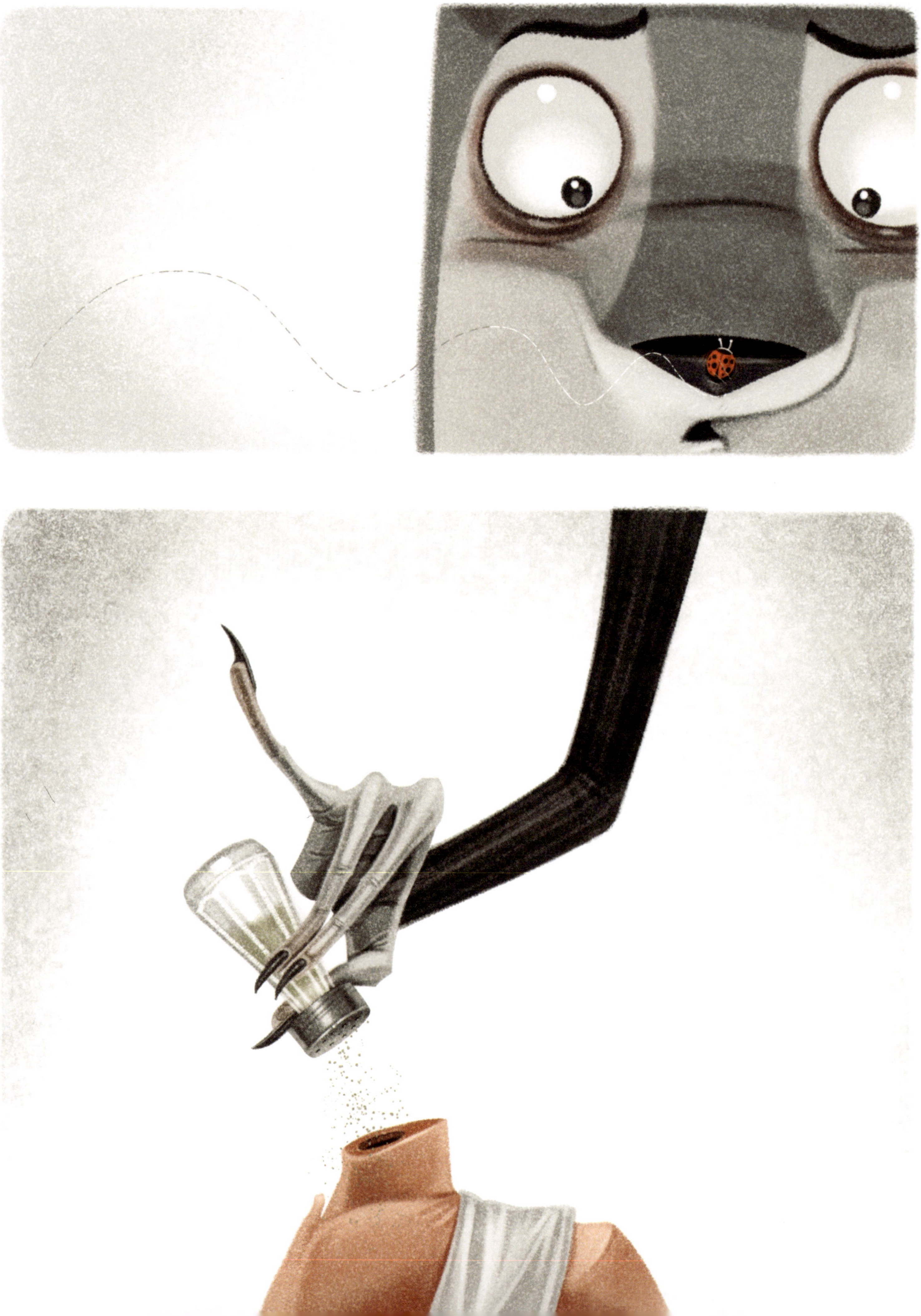

Y Cerdílez no pudo completar
su transformación.

Nadie entiende muy bien qué fue lo que pasó.
En la ciudad, todos dicen que Cerdílez se convirtió
de repente en un sujeto violento y agresivo...

Cuentan que Cerdílez enloqueció,
ataco al Señor Gerente y escapó.

La historia está en todas las noticias.

Lo cierto es que, desde ese día, nadie sabe dónde está Cerdílez.
Las autoridades todavía lo buscan...

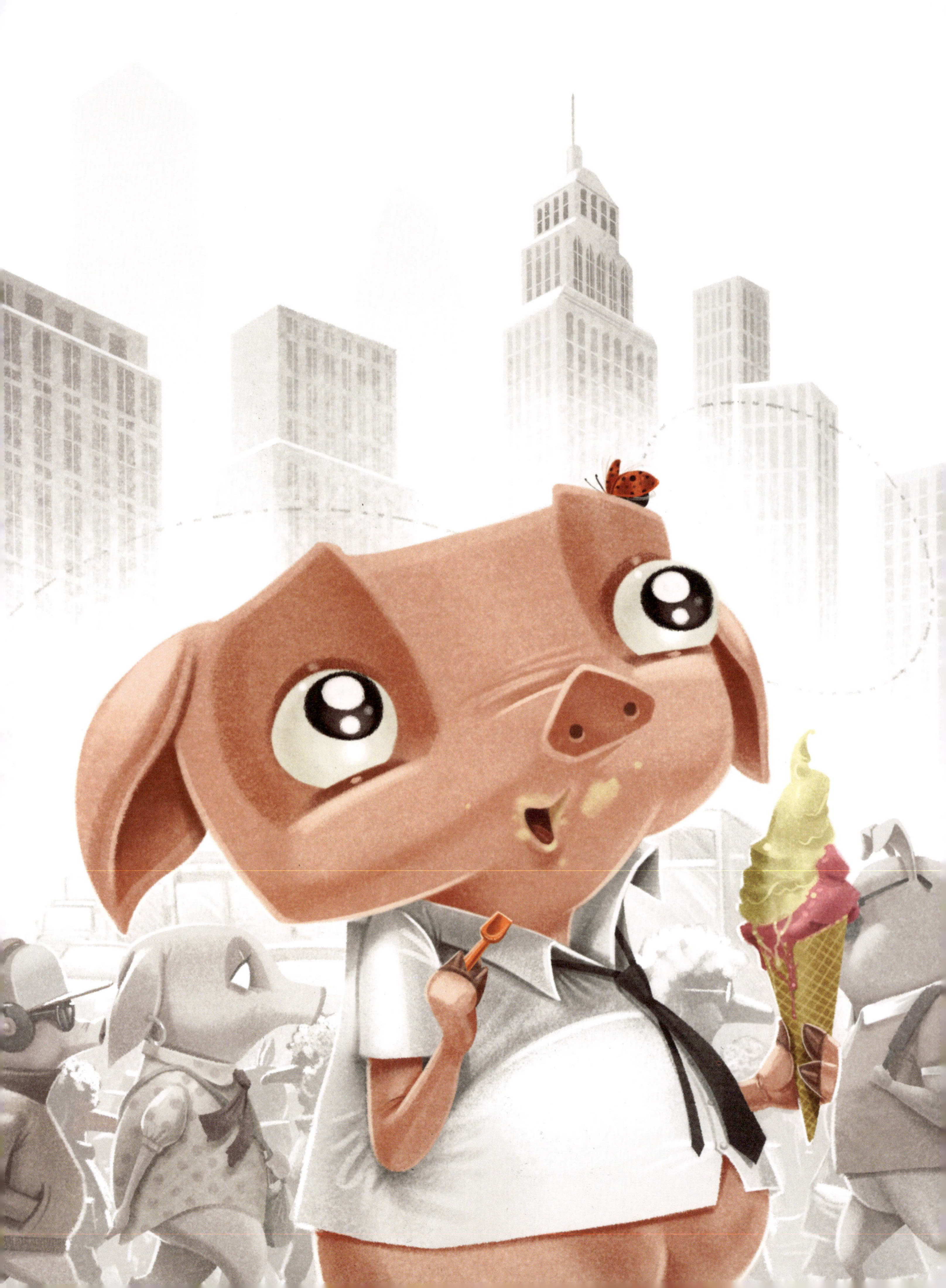

...dicen que es un sujeto sumamente peligroso.

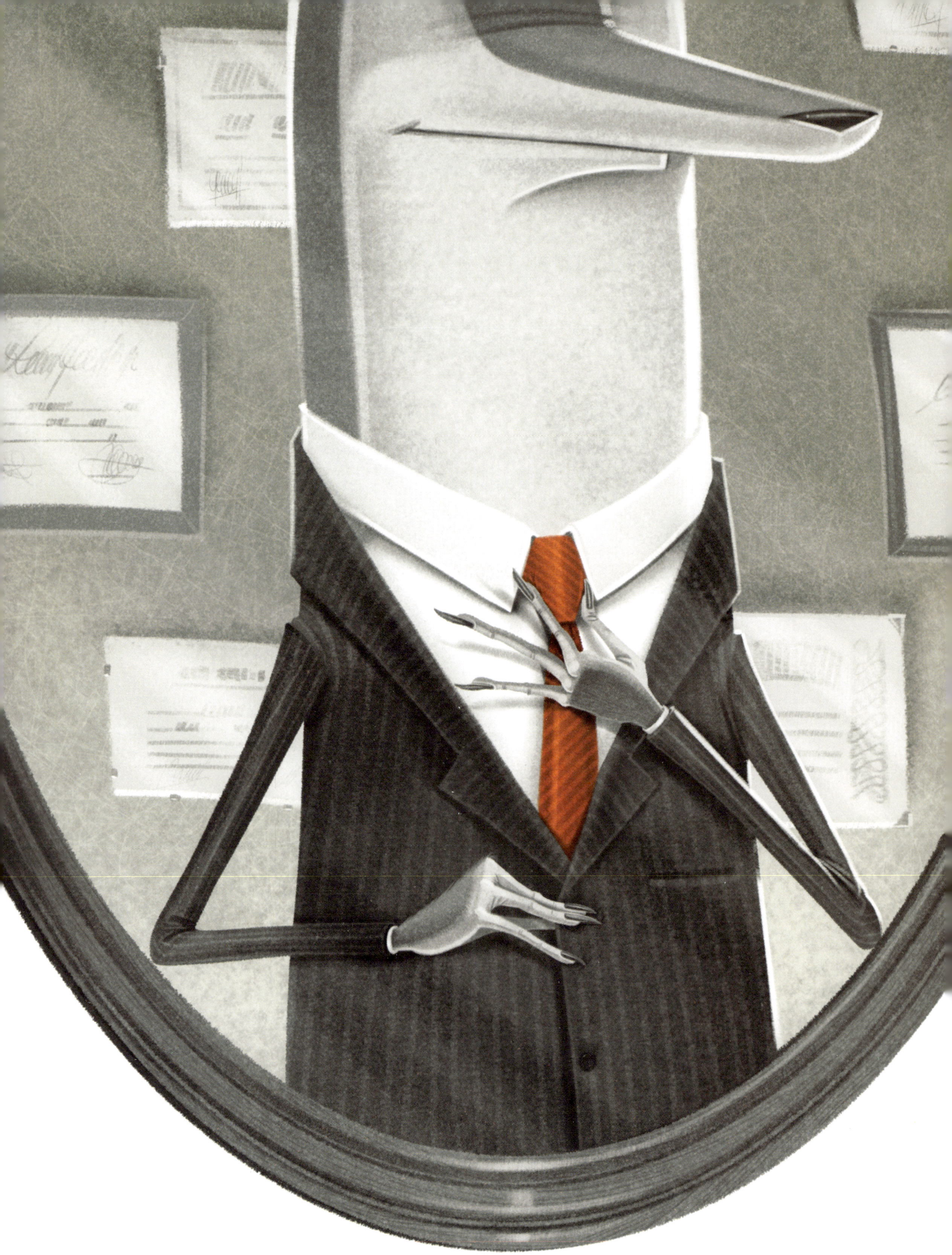

El Señor Gerente ha logrado recuperarse y ya está listo para brindar nuevas oportunidades a todos. En la empresa están muy contentos, porque todos quieren ser como él: alto, elegante, elocuente, exitoso.

Es un Señor...

# Un Señor de Negocios

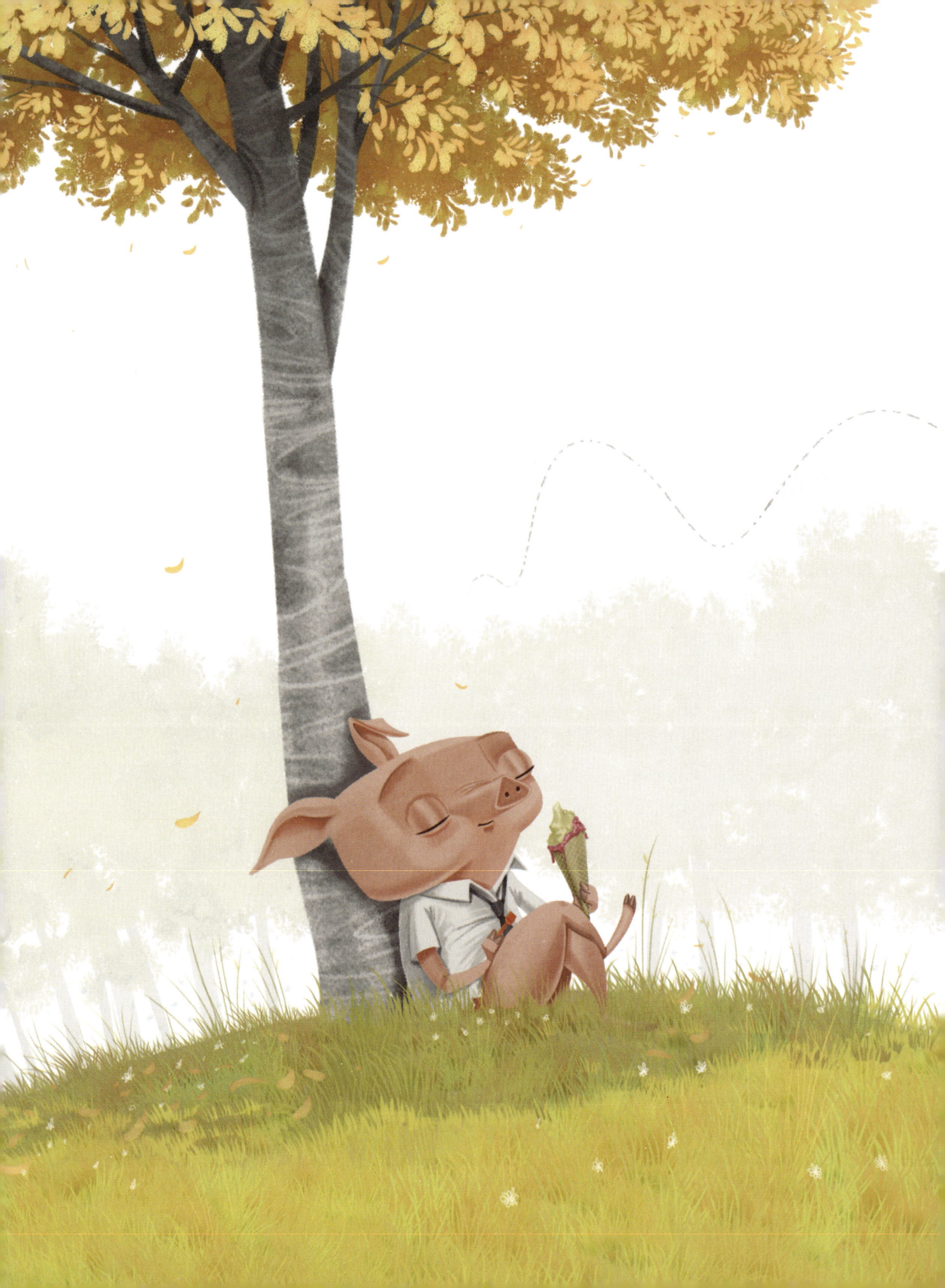

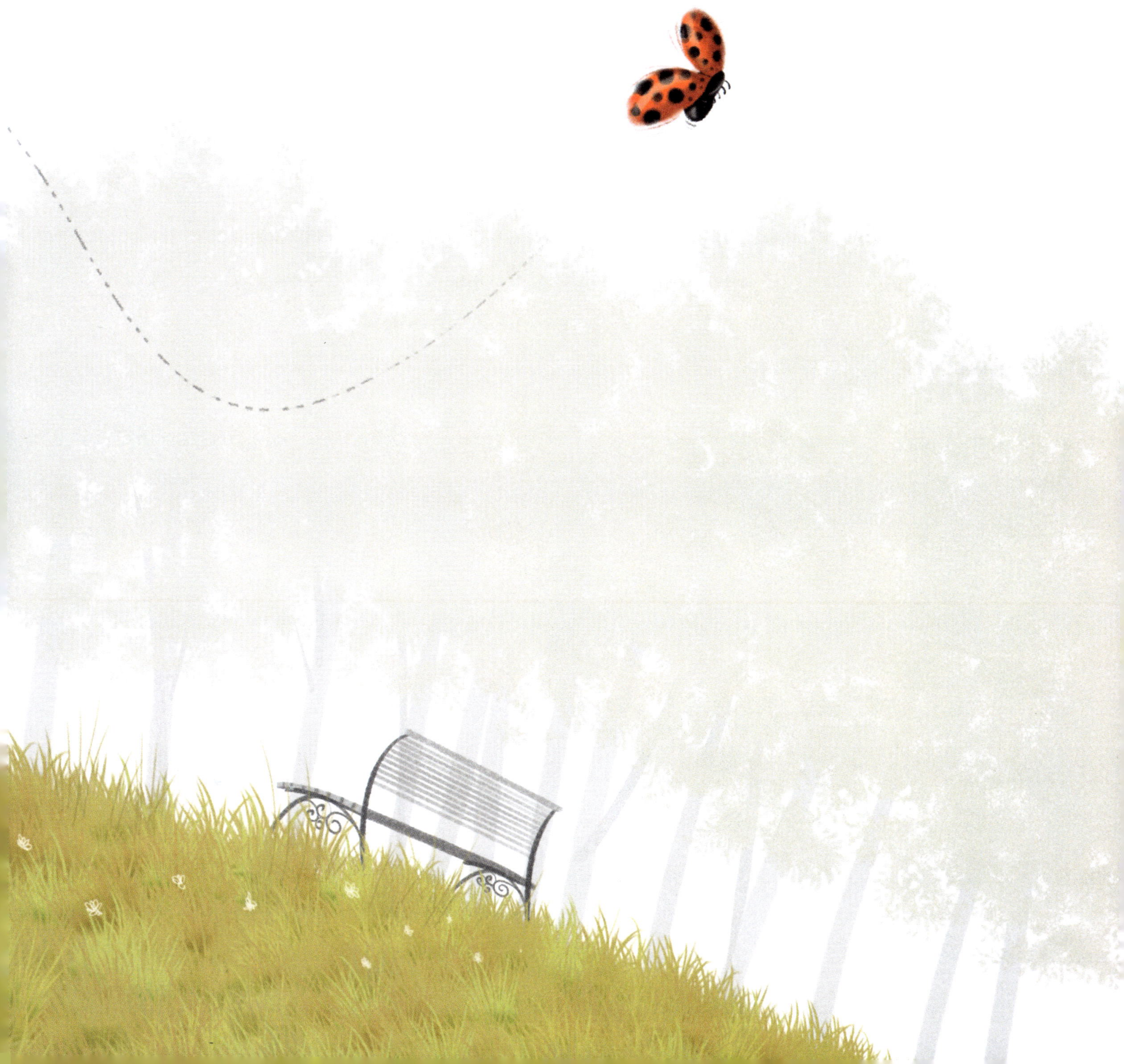

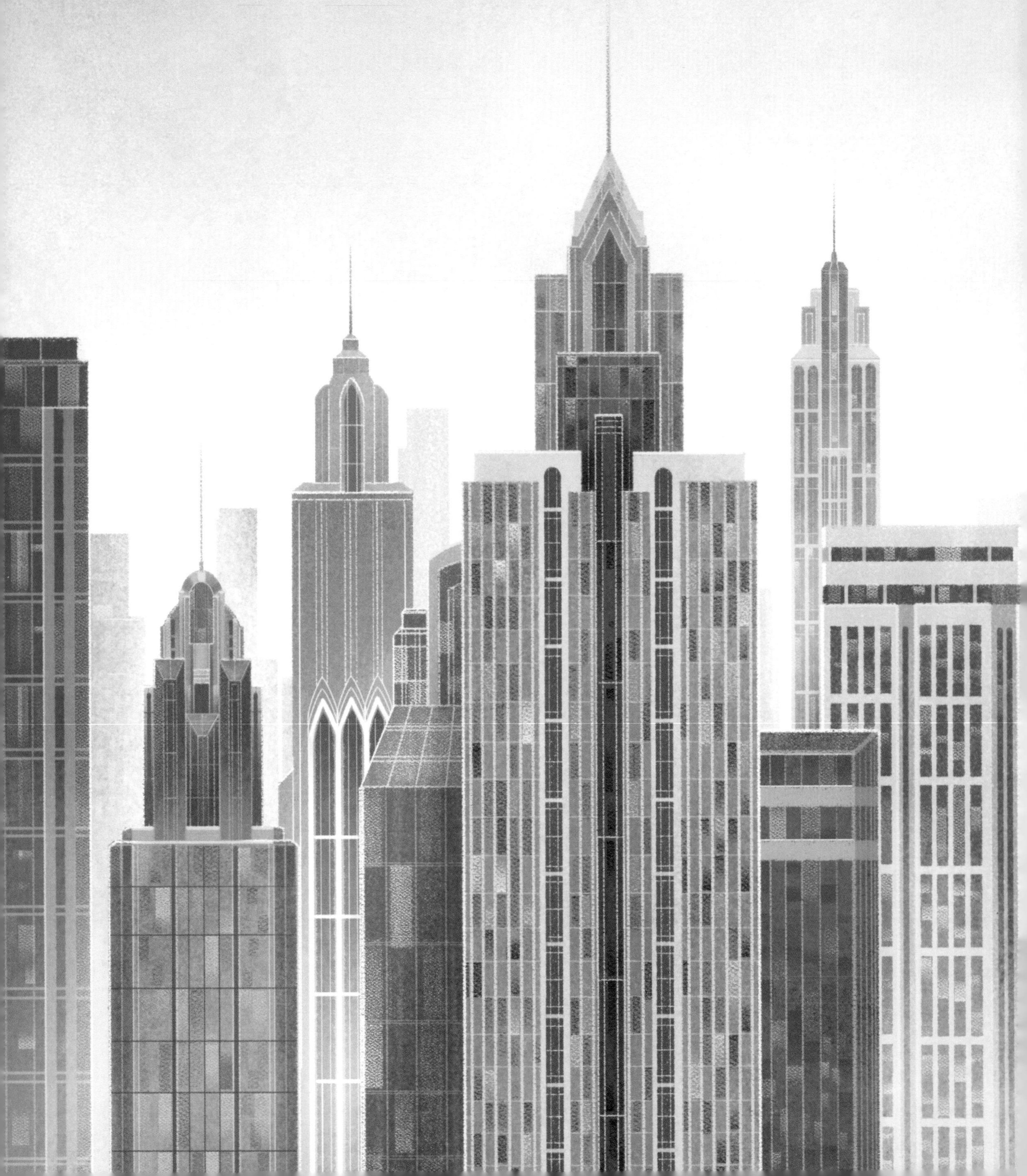